roman rouge

Dominique et compagnie

Sous la direction de

Yvon Brochu

François Gravel

David et les crabes noirs

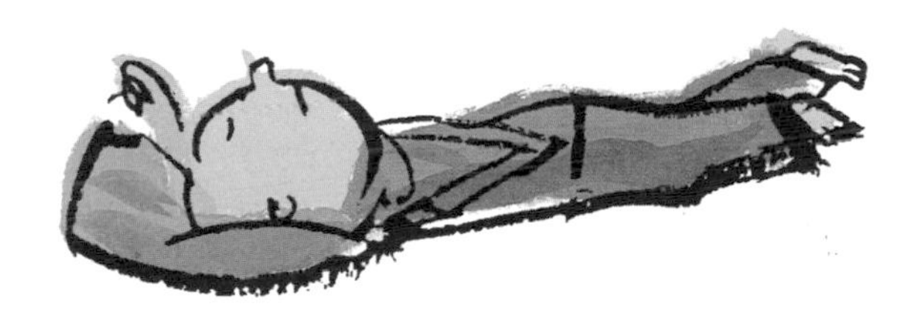

Illustrations

Pierre Pratt

Catalogage avant publication de la Bibliothèque nationale du Canada

Gravel, François
David et les crabes noirs
(Roman rouge)
Pour enfants de 6 ans et plus

ISBN 2-89512-320-9
I. Pratt, Pierre. II. Titre.

PS8563.R388D38 2004 jC843'.54 C2003-940796-9
PS9563.R388D38 2004
PZ23.G72Da 2004

Dépôts légaux : 1er trimestre 2004
Bibliothèque nationale du Québec
Bibliothèque nationale du Canada
Bibliothèque nationale de France

ISBN 2-89512-320-9
Imprimé au Canada

10 9 8 7 6 5 4 3 2 1

Direction de la collection :
Yvon Brochu, R-D création enr.
Éditrice : Agnès Huguet
Direction artistique et
graphisme : Primeau & Barey
Révision-correction :
Martine Latulippe

Dominique et compagnie
300, rue Arran
Saint-Lambert (Québec) J4R 1K5
Téléphone : (514) 875-0327
Télécopieur : (450) 672-5448
Courriel :
dominiqueetcie@editionsheritage.com
Site Internet :
www.dominiqueetcompagnie.com

Nous remercions le Conseil des Arts du Canada de l'aide accordée à notre programme de publication.

Nous reconnaissons l'aide financière du gouvernement du Canada par l'entremise du Programme d'aide au développement de l'industrie de l'édition (PADIÉ) pour nos activités d'édition.

Nous reconnaissons l'aide financière du gouvernement du Québec par l'entremise du Programme de crédit d'impôt pour l'édition de livres – SODEC – et du Programme d'aide aux entreprises du livre et de l'édition spécialisée.

Pour Jacques,
David et Adrien

Chapitre 1

Le festin des clowns

Un bruit perce le silence de la nuit. Un bruit étrange et lointain, comme si quelqu'un s'amusait à taper sur des casseroles. Je me lève, je descends dans la cuisine. Il n'y a personne. Dans la maison, tout est calme. La porte de sa chambre est fermée, mais j'entends ronfler mon père. Mon chien Fantôme est couché sous la table de la cuisine et il ronfle presque aussi fort que papa.

En prêtant l'oreille, j'entends de nouveau les bruits de casseroles. On dirait que ça vient de la cave. J'ouvre la trappe et je vois des dizaines de cuisiniers qui préparent un repas, l'air joyeux. Je referme la trappe derrière moi, je descends l'escalier pour me joindre à la fête, et je commence à

m'inquiéter. Comment une si grande cuisine peut-elle tenir dans une si petite cave ? Mon père ne m'a jamais parlé de cette cuisine ; Esther non plus...

Je descends encore l'interminable escalier et je marche entre des comptoirs métalliques plus

hauts que moi. Des casseroles et des ustensiles sont suspendus au plafond. Au milieu de la pièce, il y a une immense marmite en métal noir. Autour de la marmite, les cuisiniers aiguisent leurs couteaux en me regardant d'une drôle de façon. En les observant de plus près,

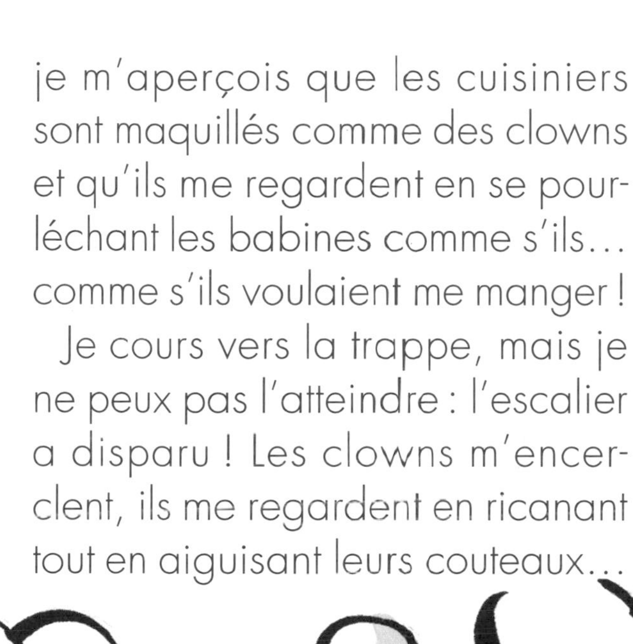

je m'aperçois que les cuisiniers sont maquillés comme des clowns et qu'ils me regardent en se pourléchant les babines comme s'ils... comme s'ils voulaient me manger !

Je cours vers la trappe, mais je ne peux pas l'atteindre : l'escalier a disparu ! Les clowns m'encerclent, ils me regardent en ricanant tout en aiguisant leurs couteaux...

– Allons boire un verre d'eau, ça te fera du bien. Tu es tout pâle !

– Ce n'est qu'un mauvais rêve, me dit mon père. Ça arrive à tout le monde. Il n'y a rien de tel qu'un verre d'eau pour se changer les idées, tu verras…

Je retourne me coucher, rassuré, mais le truc du verre d'eau n'a pas marché : mon cauchemar recommence. Il est même pire que le premier ! Les clowns me ligotent avec une immense corde gluante et ils veulent me transpercer avec des épées rouillées. Au secours !

Chapitre 2

Les crabes qui volent

Le lendemain matin, pendant que je mange mes céréales, mon père, Esther et moi nous parlons de ces affreux clowns qui m'ont poursuivi toute la nuit.

–C'est un cauchemar à deux étages, m'explique Esther. On pense qu'il est fini, et il recommence. Ça m'arrivait souvent, quand j'étais jeune.

–Moi aussi, me dit mon père. En vieillissant, ça ne m'arrive presque

plus, heureusement !

Ils font tout ce qu'ils peuvent pour me rassurer, mais ils ne réussissent pas vraiment. Je déteste faire des cauchemars ! C'est inutile, et ça fait peur !

– Je ne sais pas à quoi ça sert, me répond mon père en haussant les épaules. Tout ce que je sais, c'est que tout le monde fait des cauchemars, même les chiens !

Mon père a raison. Parfois, quand Fantôme rêve, il bouge, il gémit, on dirait vraiment qu'il a peur ! Je me demande à quoi peut ressembler un cauchemar de chien...

– Il est peut-être encerclé par une armée de chats ! dit Esther.

– Ou bien par des puces géantes ! ajoute mon père.

Nous passons de bons moments à imaginer les rêves de Fantôme, puis tout le monde s'en va travailler : Esther, à la boulangerie, mon père, à son magasin général, et moi, à l'école.

Quand nous entrons dans la classe, le matin, madame Rachel commence toujours par son bulletin d'informations. Elle nous annonce ce que nous ferons pendant

la journée, et elle nous demande ensuite si l'un de nous veut raconter quelque chose à la classe.

D'habitude, je n'ai rien à dire mais, ce matin, je lève la main pour raconter mon horrible rêve. Quand j'ai fini de le raconter, tout le monde lève la main à son tour pour raconter ses cauchemars !

Nous entendons parler de sorcières et de monstres, de loups et de fantômes, de volcans et de tremblements de terre, d'enfer et de démons, et ce n'est pas fini : certains de mes amis tombent dans des gouffres sans fond, d'autres sont enfermés dans une maison en feu. Au secours !

– Ouf, arrêtez un peu ! nous dit madame Rachel. À force de vous écouter, je finirai par faire des cauchemars à mon tour ! Et maintenant, si nous faisions un peu de mathématiques pour nous changer les idées ? Combien font deux cauchemars plus sept cauchemars ?

Nous oublions bientôt nos mauvais rêves, et tout le monde passe une bonne journée. J'aime beaucoup madame Rachel. Chaque fois qu'il y a un problème, elle réussit à nous faire rire.

Je suis encore de bonne humeur quand je rentre à la maison, et je passe une excellente soirée avec

mon père et Esther : nous mangeons ensemble en nous racontant nos journées, ensuite nous lisons un peu, puis vient l'heure d'aller nous coucher.

Avant de me mettre au lit, je prends des précautions. Je n'ai pas envie de recommencer mon cauchemar de clowns ! Je me détends dans mon bain, ensuite

Esther me fait boire une grande tasse de lait chaud avec du miel, et je me glisse enfin entre mes draps qui sentent bon.

Je m'endors avec un sourire aux lèvres, mais bientôt des bruits me réveillent. On dirait des « tac tac tac », comme si quelqu'un écrivait une lettre avec une machine à écrire. Qui peut bien travailler ainsi

au milieu de la nuit ? Je descends l'escalier, mais je perds pied. Je tombe dans une mer noire, remplie de crabes géants. Des milliers de crabes géants qui veulent me découper en morceaux ! Je réussis à nager jusqu'à la rive, mais d'autres crabes géants m'attendent sur la plage. Il y a même des crabes qui volent dans le ciel ! Des crabes avec des ailes de chauve-souris ! Au secours !

Chapitre 3

Un sirop contre les cauchemars

– Encore un cauchemar ! me dit mon père le lendemain matin. Ça commence à être inquiétant ! Ce soir, nous irons voir le médecin. Il te donnera peut-être un sirop ou quelque chose...

–J'ai bien peur que les sirops contre les cauchemars n'existent pas ! répond Esther. Ça finira par passer tout seul, tu verras. Peut-être

que la nuit prochaine tu imagineras des anges ou des papillons ; peut-être que tu visiteras une usine de biscuits au chocolat...

Mon père et Esther essaient de me rassurer comme ils le peuvent, mais ils ne réussissent pas : j'ai peur de recommencer mes cauchemars chaque nuit ! Je ne veux plus jamais dormir !

J'essaie de penser à autre chose en allant à l'école, mais je revois toujours ces affreux crabes avec des ailes de chauve-souris. Quand j'entre dans la classe, je ne me doute pas encore que madame Rachel, sans le savoir, va trouver encore mieux qu'un sirop contre les cauchemars !

– Ce matin, nous dit madame Rachel, nous allons dessiner. Et j'ai un excellent sujet à vous proposer : je veux voir vos pires cauchemars !

Pendant qu'elle nous distribue des grandes feuilles de papier, je sors mes crayons à colorier. Dans la classe, tout le monde est content, mais pas moi. Je suis nul en dessin.

J'essaie de dessiner un crabe avec des ailes de chauve-souris, mais il est complètement raté : mon crabe a l'air gentil !

– Qu'est-ce que c'est que ça ? me demande Simon, qui est assis à côté de moi.

Simon est nouveau dans la classe, et je ne le connais pas très bien. Je sais seulement qu'il est timide et qu'il est plutôt nul au ballon chasseur.

Je lui explique ce que j'ai ESSAYÉ de dessiner, et il a l'air très intéressé.

—Attends un peu, je vais t'aider…

En deux ou trois coups de crayon, il fait apparaître sur ma feuille un crabe avec des ailes de chauve-souris, exactement comme dans mes cauchemars ! C'est génial ! Simon est peut-être nul au ballon chasseur, mais en dessin il est extraordinaire !

Et ça me donne une idée... Une idée géniale !

Chapitre 4

Des histoires d'horreur

Aussitôt que l'école est finie, je vais prévenir mon père que je ne rentrerai pas tout de suite à la maison. J'irai plutôt chez mon ami, et nous ferons nos devoirs ensemble.

Je cours ensuite chez Simon, qui habite une petite maison tout près du magasin de mon père. C'est une maison en planches, pas très grande mais très jolie, avec d'immenses fenêtres et des plantes vertes partout. Chez lui, il y a plein

de bibliothèques qui débordent de livres, et des dessins sur presque tous les murs.

– Ici, tout le monde aime le dessin, m'explique Simon. Mon père et ma mère dessinent des plans de maison, et ma petite sœur fait des princesses et des châteaux. Moi, je préfère les monstres.

La petite sœur de Simon n'a que cinq ans, et elle dessine mieux que moi ! Mais je préfère les dessins de Simon : il fait des monstres et des dragons, des loups et des démons...

– J'aime beaucoup ton idée de crabes volants, me dit-il. On pourrait inventer l'histoire d'un prince qui explorerait un château hanté...

– Et dans ce château il y aurait des tours et des donjons, et ces donjons seraient peuplés de crabes noirs, et peut-être aussi de serpents à deux têtes...

– Attends un peu, me dit Simon, je ne peux quand même pas dessiner si vite ! Et si tu m'aidais ? Toi, tu pourrais écrire le texte pendant que je dessine...

Une semaine plus tard, nous avons terminé notre premier livre. Un livre de douze pages ! Sur la couverture, on peut lire le titre, *Le crabe noir,* et nos deux prénoms : David et Simon.

Chaque soir, après l'école, je vais chez Simon, ou bien Simon

vient chez moi, et nous inventons de nouvelles histoires d'horreur. Parfois ce sont des histoires de chevaliers et de châteaux, ou bien des histoires de monstres sous-marins, ou encore des histoires qui se passent dans le futur. Mais il y a toujours plein de monstres. Nous adorons les monstres.

Depuis que je connais Simon, je trouve que la vie est encore plus intéressante qu'avant. Quand je suis avec lui, le temps passe toujours trop vite. C'est la première fois que j'ai un véritable ami ; j'espère que notre amitié va durer longtemps, et que nous écrirons des tonnes d'histoires. Je ne suis

pas le seul : dans la cour d'école, tout le monde veut lire nos livres !

Et maintenant, quand je m'endors, je ne bois jamais de lait chaud avec du miel, et encore moins de sirop contre les cauchemars. J'espère au contraire rêver à de nouveaux monstres, pour me donner de nouvelles idées !

Dans la même collection

1 **Lancelot, le dragon (Anique)**
Anique Poitras

2 **David et le Fantôme**
François Gravel

3 **David et les monstres de la forêt**
François Gravel

4 **Le petit musicien**
Gilles Tibo

5 **Sauvez Henri !**
Yvon Brochu

6 **David et le précipice**
François Gravel

7 **Le sixième arrêt (Somerset)**
Hélène Vachon

8 **Le petit avion jaune (Léonie)**
Mireille Villeneuve

9 **Choupette et son petit papa**
Gilles Tibo

10 **David et la maison de la sorcière**
François Gravel

11 **J'ai un beau château (Peccadille)**
Marie-Francine Hébert

12 **Le grand magicien**
Gilles Tibo

13 **Isidor Suzor (Anique)**
Anique Poitras

14 Le chien secret de Poucet
Dominique Demers

15 Entre la lune et le soleil
Nancy Montour

16 David et l'orage
François Gravel

17 Marie Louve-Garou (Anique)
Anique Poitras

18 Des étoiles sur notre maison
Camille Bouchard

19 Dessine-moi un prince (Peccadille)
Marie-Francine Hébert

20 Le cœur au vent
Nancy Montour

21 Le plus proche voisin (Somerset)
Hélène Vachon

22 David et les crabes noirs
François Gravel

23 La dame et la licorne (Anique)
Anique Poitras

24 Des amis pour Léonie (Léonie)
Mireille Villeneuve

25 Choupette et maman Lili
Gilles Tibo

26 Le cinéma de Somerset (Somerset)
Hélène Vachon

Achevé d'imprimer en février 2004
einte inc.
)